鏡像攝影

鏡像攝影

鏡像攝影

鏡像攝影

祥亚

鏡像 詩集

鏡像 ○ 著

緣起 結緣

因緣相

我是你的緣份
　是隨緣的奇蹟風光
我是你需要的
　隨緣顯現的
　　圖騰和任何物像
我隨心寫的詩
　有緣看的人
　　什麼樣子的心
　　　得什麼樣子的意相
愛得愛　恨得恨
其它的心
　就得其它的境相

有什麼樣子的心相

就有什麼樣子的模樣

都是心投射的鏡像

又讓心不斷地妄想

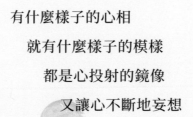

祝願有緣的人如意吉祥

丟一顆石子

起一池漣漪

原點是我的心意

波紋是我情感的思緒

對您浪漫的詩句

目錄

CONTENTS

花香紅塵 情海滄桑　　24

鄉戀　　26

幻……　　28

刺繡　　30

心生需要的歌謠　　32

情執的樹芽　　34

細雨是你的低語　　36

宿願　　37

飄來一朵雲　　38

又一個年輪　　40

夜晚湖邊　　41

雲煙飄散　　42

緣份 只是時間 1　　44

緣份 只是時間 2　　47

緣份　只是時間 3　　　49

秋風　秋景　　　50

心弦　　　52

尋找對方的蹤跡　　　54

一段思緒　　　56

心讓門兒虛掩　　　60

笑　心裡有了彩橋　　　62

放映　　　64

情感的故事　　　66

眼角　　　67

蝴蝶　　　68

情痴的蠶絲　　　69

白髮蒼蒼　　　70

情詩的故事　　　　　72

無常的情意　　　　　74

楓葉　　　　　　　　75

雨中觀蓮　　　　　　76

心　相境　　　　　　78

情緣　心現　　　　　80

朝陽　　　　　　　　83

夜晚心語聲　　　　　84

為何還在心裡住　　　85

真愛會難忘　　　　　86

心動　觀朝陽夕陽　　88

一個感嘆　　　　　　91

不留念　　　　　　　92

目

錄

CONTENTS

一粒塵沙　　　　　　　　　96

心想的家　　　　　　　　　98

觀照心島　　　　　　　　　100

夢裡的你我　　　　　　　　101

邂逅　守候　　　　　　　　102

願用千年　　　　　　　　　104

情感傾覆　　　　　　　　　106

彼此河岸　　　　　　　　　107

只珍藏淡淡的思念　　　　　108

波浪的派對　　　　　　　　110

伴侶　　　　　　　　　　　112

淋濕的回憶　是心的影子　　114

隨著自然飄悠　　　　　　　116

都不會停留　　　　　　　　118

月光裡的情思　　　　　　　120

心禪　　　　　　　　　　　122

時間會抹淡記憶　　　　　　124

目錄

CONTENTS

淚灑心田何處　　　　　128

聚散的詩篇　　　　　　130

一片煙霞　　　　　　　132

情執　交錯　　　　　　134

安棲　淚一滴　　　　　136

虛幻裡感慨　　　　　　138

道別　　　　　　　　　140

賦予寒風做酬　　　　　141

天不老　情絕難　　　　142

觀看花開花落　　　　　144

心動　桃花瓣如雨飄灑　146

一卷情思　1　　　　　148

一卷情思　2　　　　　150

一卷情思 3   152

動心後的靈眼   154

注視的一眼   157

畫布   160

因緣挽起春意   162

彩霞的居所   164

茫然   165

跨越銀河星辰   166

心被境相迷沈   168

輪迴的王   170

水   171

目錄

愛	172
秋清靜	174
企盼	175
輕觸你的指尖	176
尋找無苦的自由	178
包容　施愛	179
多一份	180
守候與住留	182
一念心想時光	184
一條小河曲彎細長	185
因緣聚合自然離散	186
花	188

手捻一朵花香

雁兩行

輕撫瑤琴聲悠揚

一曲相思長

情動　水起了紋浪

如煙似水

霧氣瀰漫湖上

花香紅塵　情海滄桑

手捻一朵花香

雁兩行

輕撫瑤琴聲悠揚

一曲相思長

情動　水起了紋浪

如煙似水

霧氣瀰漫湖上

賦詩幾行

蒼蒼茫茫

難於抒發情感惆悵

朦朧不是淒涼

似進奇幻夢鄉

猶如霧裡看花

模糊了芬芳

嫣然一笑

輕彈煩惱落在湖上

濛濛霧氣遮著朝陽

回頭望

柔風舞你霓裳

眼光在你身上

不願匆忙

移動觀看景色湖光

從此　情海滄桑

追逐花兒芳香

滾滾紅塵萬丈

鄉 戀

心兒飛離

順風去看您

生命化進風裡

只為了魂牽夢縈的故里

能和您體會悲喜

一世牽掛您

為您常起風雨

大雁離去時

我卻只能守著朝夕

浸在相思裡

丟一顆石子

起一池漣漪

原點是我的心意

波紋是我情感的思緒

對您浪漫的詩句

幻……

心　穿越了時間
回到了從前
那美麗的湖畔
有我的情感
在那裡升起的雲煙

你在我的身邊
看著平靜的湖面
心卻跳動著
染色了紅紅的臉面

阻隔的萬水千山
也比不上心的隔閡遠
也可能是緣盡了

兩顆心之間

隔著大洋　心在兩岸

那旖旎的纏綿

只是想像的花妍

更像是夢裡

夢幻似真的表演

刺 繡

添春色的玉指

讓花兒鮮活帶著晨露

綠了枝葉

溢著芬芳的氣息

金針長羽毛

鳥兒靈巧追逐

婉轉了自然成曲

一抹的豔麗

是那樣的嬌媚綺麗

絲絲縷縷

靜止了時間和心思

絹帛之上

是靈動風景的相思

將景色活靈活現成圖

將萬千的思緒

成書法　成詩詞

成浪漫的故事

華麗了衣服

華麗了蝸居夢想的屋

讓心靈的窗矚目

將驛動的心凝固

心生需要的歌謠

天荒地老
心裡的憧憬很好
笑一笑
依戀的是懷抱

心想喊叫
期盼著有驕傲
卻是為了別人的眼角
眼神向自己瞟

心思亂跑
妄念吵吵鬧鬧
腦海裡全是我的需要
燦爛的日子　心乞討

好像都知道
四處尋找
情執到天涯海角
直到白髮到老

希望兩顆心一起跳
只是有個依靠
風雨瀟瀟
雨季裡心生的歌謠

情執的樹芽

你輕輕的一句話
似天上的煙花
卻帶著浪漫的桃花
生了一片彩霞

一句甜蜜的情話
建立一座大廈
卻是心念的塵沙
由虛念轉化

心念一動就發芽

畫出一幅美麗的圖畫

情感需要想解答

一晃一世年華

貪嗔痴不肯放下

我慢之心很大

妄念塗寫著文法

情執不肯懸崖勒馬

細雨是你的低語

在風中佇立
訴說著別離
那輕輕地哭泣
飄成了濛濛雨絲
心悲傷地聽著風呼吸
溶化在雨絲裡
成了雲煙痕跡
從此　沒有你相依
相望不相及

風雨中離去
細雨淅淅瀝瀝
從今後　綿綿細雨
成了身邊的呢喃低語
心不曾離開你

宿 願

前世的宿願

轉眼數千年

我坐在山巔

心將四方遊遍

為何那麼多的牽掛

那麼多憂傷的臉

我來到人世間

愛戀非愛戀

拿一把慧劍

將萬千煩惱絲斬斷

直到有一天

你我都不見

飄來一朵雲

飄來一朵雲

有了淅淅瀝瀝的雨

地裡長出潤芽一株

那是未來的花雨

亟盼著花朵

開出顏色的美麗

依戀了輪迴的一季

心動　追隨了一世

晨曦裡

我嗅著剛才飄過的

小雨的清新氣息

有了相容的心意

黃昏裡

將晚霞把身心沐浴

已融化在天地

看來　如此這裡

會有我多情的來世

我的心繼續在紅塵裡

駕著業力的飛船游弋

又一個年輪

又是一個年輪
又是冬春
又是因緣情感相逢
卻多了歲月滄桑的歌聲

生命經歷的痕
從舊到新的人
用心重新相認
心牆成了經歷的舊城

眷顧友誼的我們
心如情感的青藤
有緣不用等
心中自有引路的明燈

夜晚湖邊

不用經營

追逐功名

在煙波浩渺的湖畔

了卻自由的餘生

夜深風靜

沒有水聲

只有湖邊草叢蟲鳴

已經是半夜三更

雲煙飄散

往事如雲煙
已經飄散
只是那經歷的印痕
還留著陰暗

唱一曲離別的歌謠
心愈加地寒
綿綿情緒不斷
意猶不甘

對著曾經散步的河畔
輕輕地感嘆
雁來雁去
為什麼你卻不見

心兒戚然
只是回首的一眼
有了雲煙
有了飄散
從此　心中
再也抹不去紅顏

緣份 只是時間 1

只是為了心現
那來自於前世的愛戀
我把腳步　輕輕地
移到了你的面前

為了和你延續
前世未了的情緣
花蕾　瞬間
一片片地展開了花瓣

花蕊一現
熱情的心相見
花瓣是美麗的臉
剎那之間
清香的花艷
進入了真情的心間

伸手只是瞬間

牽手需要很多年

走進了心房

絕非是偶然

那是生命中的必然

前世延續的情緣

讓我們住進

今世借住的客棧

茫茫人生路

情緣只是時間

一條路走了又走

那是很深的緣

相遇在這世間

那是心裡的期盼

能夠相伴

那是千年的因緣

天意的體現

緣聚緣散

延續前世的情緣

因為相欠

才會相見

好好地把握當下

珍惜身邊

緣份只是時間

緣份 只是時間 2

未了的前緣

因為相欠

今世遇見

只是延續兌現

凡塵的貪戀

那是六道的輪轉

相求於佛前

那也是情緣的千年

願意為你輪迴的人

那是情絲不斷

為了報恩

把天堂呈現

生生世世為愛

那是倒駕慈航的臉

承載眷屬的法船

心願海枯石爛

滄海變桑田

那也是一段時間

緣份　只是時間　3

當心中出現

今生的相見

只是與你盡一段

未了的前緣

緣盡　則曲終人散

那是自了漢

我的心願

你不去天堂

我就一直相續前緣

除非在天堂相見

否則

隨著心願輪轉

秋風 秋景

真誠的歌聲
卻沒有人回應

秋天的風景
秋水清清
陽光穿過樹林
稀疏了光影
還有我孤單的身影

秋天的蟲鳴
我獨自　靜靜地聽
沒有掌聲
怕驚散了蟲的歌聲
回來惆悵的心聲

孤雁往南飛行
淒涼的叫聲
掠過了落葉片片
尋找著夥伴
呼喚是那樣的淒清

秋水清清
枯黃落葉飄零
一縷秋風
送來感傷的情
送來戚然的秋夢

心 弦

輕輕地拉開窗簾

那是神奇的看見

從此　難忘那一天

相視地對望

緣　是美好的月圓

纖手撥動了心弦

注視的雙眼

有了情緣

牽著手遊走

心慢慢地有了眷戀

愛的諾言羞紅了臉

桃花似的容顏

成了朝思暮想的愛戀

希望到永遠

跪在佛像前

感恩護佑善緣

內心的纏綿

那是溫暖相伴的心念

明白這也要隨緣

心有靈犀的情感

撥動了心弦

那是合作的手輕彈

合奏的曲子

在燈火闌珊

尋找對方的蹤跡

相擁而泣
那是心的訴說
那是心的孤寂
滾滾紅塵裡的嘆息

在輪迴裡
兩顆心纏綿演繹
尋找著對方的蹤跡
期待著相依的歸期

內心裡朦朧的記憶
那臉似曾相識
就願意和她相處
眼裡都是對方的美麗
從此　心相依

再不願意離去
心裡縈繞著愛的旋律

千年魂牽夢縈的心意
心聲裡的千言萬語
化作優美的歌聲
隨風走遍各地
尋找你在哪裡
真情歌聲的甘雨
會和你相遇
滋潤進入你的心裡

一段思緒

只是話語幾句
像一襲馨香作序
字字如珠
有了浪漫的朝夕
有了滋潤的甘雨

行了千萬里
景色都經過眼底
滄桑了的思緒
有多少是洗舊的相續
還能存在心裡

沐浴在晨曦裡
又想著綿綿細雨
妄心模糊了目的
恍恍惚惚
好像在雲裡霧裡

只是那煙雨的迷離
是否成了美麗的迤邐
還是彷彿　依稀
在天長地久的夢裡

三生的執手

那是妄心情念

幽幽憐憐

心緒飄起的雲煙

遮住了美麗的眉眼

相聚是情緣

心讓門兒虛掩

千里共嬋娟
那是相思的夢幻
心中的期盼
演化的門兒虛掩
演化的故事浪漫

三生的執手
那是妄心情念
幽幽憐憐
心緒飄起的雲煙
遮住了美麗的眉眼
相聚是情緣

一寸相思由心念
春心深處生玉顏
心動漣漪波向前
春波蕩漾桃花艷
前世今生心相連
生生世世是因緣

笑 心裡有了彩橋

輕輕地一笑

裊裊餘音繚繞

心兒明瞭

你對我非常好

清澈的小溪流

水上落葉漂

幾隻鳥兒飲水

高興地在歡叫

風兒在輕撩

你的秀髮飄

還有你的身旁

花兒在搖呀搖

心兒在燃燒

兩眼悄悄地瞄

沒了人俏

留了香繞

眼睛失了焦

花兒嬌嬈

淙淙溪水滔滔

看著鳥兒叫

會心一笑

心裡有了彩橋

放　映

情緣如泡影

帶來氣候風寒雨冷

景色也顯淒清

愁緒難罄

眼淚盈盈

為何不放又執情

還是山花爛漫的幻影

讓心迷幻心傾

才有了煙雨濛濛

花馨柔曼輕輕

所以留情

情愛情恨似病
輾轉在夜深人靜
把心中的幻夢
幻化著傾聽
投射在眼前放映

情感的故事

紅塵茫茫的天地

浮生唏噓

在蒼穹的一隅

有日月千古

眾生的心音

有朝天的哭泣

也有快樂的聲啼

一枕夢幻曲

皆是夢癡

充滿了風和雨

淋濕了寒石

心無了寄託所依

期盼著花雨

卻心現了枯枝

天地是情感的故事

眼 角

把扇子輕輕地搖

風鈴兒也在搖

搖來了風雨

帶來了清涼正好

也濕了心情的衣角

對著風雨輕聊

只是那眼角

朝著院門在瞭

也不見心中的他到

只見花兒

風雨裡笑彎了腰

蝴 蝶

美麗的彩翼

那是蝴蝶的心許

夢裡的花兒

等待著期盼的初遇

那莫名的心意

畫了一道彩序

由晶瑩剔透的雨滴

匯集了迷離

彷彿依稀

只是心念的唏噓

隨著蝴蝶來

又隨著蝴蝶去

情痴的蠶絲

執著的蠶絲

化繭自縛

殊不知

那是一縷情痴

絲絲成錦繡的紋飾

想著有連理枝

化成了情詩

從此尋尋覓覓

寫著情執的名字

醉生夢死一世

那頑固的情絲

纏住了心識

化成一方頑石

有了輪轉的塵世

白髮蒼蒼

紅色的夕陽

撫染不了白髮蒼蒼

心有些迷茫

多了一絲憂傷

雖然沒有淒涼

還是希望

你溫馨的髮絲

隨著清新的風飄揚

曾經很輝煌

心裡的天空也明亮

只是美麗的朝霞

只會伴著朝陽

晨曦也隨著因緣

在早晨播撒了四方

瀟灑了一趟流浪

用來妝點故鄉

情詩的故事

苦苦地相思
寫了好多的情詩
只能和你到此
沒有聯繫的方式

因為心痴
心中生了一縷情絲
卻沒有地址
不知如何郵寄

呼喚著你的名字
希望能夠相見

心是那樣的固執
感嘆著　為何相識

寫著情詩堅持
相思化成了淚雨
紛紛地飄灑大地
漸漸地變成了回憶

短暫的生命痕跡
轉眼就是一輩子
情詩成了我的故事
那是濛濛的雨絲

無常的情意

淡漠了的記憶
像下過的小雨
朦朦朧朧的印象
大地已沒有了印記
心中也找不到
印象深刻的留念
又實質的聯繫
只是雨中離開的你
拿著雨傘的模樣
烙印在心海裡
你默默無語地
微笑地在雨中離去
就像小雨下過
留下了臆想的情意
卻沒有永恆的痕跡

楓葉

謝幕前的輝煌

秋風秋雨的涼
激起了血脈賁張
紅了臉龐
最入戲地張揚

雨中觀蓮

在細雨中看蓮
另一種情感
朦朧恍惚之間
好像自己是仙
自在地站在池岸

看滿池的白蓮
清潔高雅不艷
彷彿蓮上有您
出了凡塵的聖女
微閉著兩眼
只是用心在觀
滅了紅塵的彩煙

我靜心淨念
真誠地用心淨觀
靜靜的安然
您的蓮臺
就是覺悟的彼岸

心 相境

吹過的風
　不再回頭
遍尋不著
　已逝的風
我望著天空發呆
　希望看到
　　最鍾愛的
　　　和煦柔風的身影
你無形又無相
　最會變化著無形
　　我感受著啊
　　　你卻永遠不住
　　　　我寂寥的心境
風兒呀
　你的心兒

飄隱在天際的那方

可否聽到

我的心音

可否看見

我期望的身影

噢　風兒呀

原來你是

我有情的心

隨緣顯現的幻夢

隨順著

五彩繽紛的

宇宙萬緣

升起的妄心相境

情緣 心現

情緣

是心造出來的流年

從前世開始創編

到今世兌現

它是未來的留念

更是來世的種子

生出花鮮 花艷

情緣

是無明妄念

即是妄心需要的兌現

更是業力的表現

在種子識裡

生命的密碼線

會全息地投影體現

氣息隨緣飄散

妄心的念

就是彩色的畫筆

故事劇本的總編

創造了山巔

也創造了山澗

畫出了河畔

畫出了海灘

也畫出了藍天

畫出了海天一線

任何的緣

都是心的投射表現

喜歡不喜歡

心　偏執出來的名相

都是無始無明的心亂

表象的眼花撩亂

更造出了六道輪轉

還有十法界呈現

今生的相遇

是前世的約見

只是故事的表面

好像是兩個人

卻是心的意念

業力的糾纏

製造了無數的故事

生生世世的情緣

備註：種子識，一切種子識為所有生命最初的根本

識，又稱阿賴耶識、如來藏識。

朝 陽

木魚叩叩作響

把天喚亮

把我從夢中喚醒

起來看東方的朝陽

耳旁

佛號聲聲宏亮

夜晚心語聲

夜深人靜

月兒在夜空明

風兒輕輕　輕輕

樹葉微動

遮住我家窗櫺

夜空裡有你的眼睛

還有眨眼的星星

誰家琴弦聲

和著蟲鳴錚錚

我的心聲

低吟給月兒聽

那真誠的柔情

呢喃細語　輕靈

隨著微風輕輕　輕輕

為何還在心裡住

當你踏上離開的路

再也看不見你的腳步

話在心頭說不出

心中卻湧出萬千句

我將情藏進了孤獨

好像不在乎

眼淚卻滿了心湖

你已經到了遠處

有了自己的歸宿

可是　為何還在心裡住

真愛會難忘

無論歲月多滄桑

真情很難忘

夜幕蒼蒼

月亮依然有光芒

就像秋風寒涼

楓葉的火紅盪漾

成了燦爛的景象

情緣注定在心上

因緣俱足春花香

雖然緣聚是在他鄉

那也是緣份的家鄉

鮮花吐著芬芳

有愛就會溫暖心房

那是美好的時光

永遠會有驕陽

真愛會難忘

不會有惆悵

兩眼對著相望

動心就會珍藏

情意也會綿長

兩心相悅　心會歡暢

心動　觀朝陽夕陽

風兒攪動了池塘

水面晃著破碎的月光

心動隨著境搖晃

體會世間逐浪

驗證著諸事無常

心動是什麼模樣

那是心念相續的鏡像

以前的一切過往

只是古老歌謠的傳唱

那心靈的窗

看著溫暖的朝陽

變成晚霞圍繞的夕陽

恍惚了距離的時光

模糊了形象的模樣

時間的水流淌

心念形識綿長

觀落了多少斜陽

陽光下的容妝

是心相的變幻模樣

一切信息都在如來藏

心念不滅天地悠長

滄桑凝聚煩惱在心房

因緣燦爛的驕陽

讓虛幻的寒霜

化成無形的氣飛揚

不知它有沒有回望
還是一心只想著天堂

推倒心裡的圍牆
撒一地月光的清涼
不執著分別妄想
哪來的地獄天堂

一個感嘆

青石的舊巷是從前

下雨時打著油紙傘

那個年代已久遠

只是遺留了思念

還有回憶時的眷戀

舊時的風光不再

以前桃花也不見

只有河流依然

小山也依然

還有上山的小路蜿蜒

不留念

糾纏解脫
解脫糾纏之念
自古以來
先賢化執為星閃閃
美化了夜空
生了無數神秘的眼
我已不見
星光為伴

不執不捨觀念
糾纏解脫的彼岸
像可以飄散的雲煙
那是法執的此岸
虛空無邊

也是由心對比而現

從此　滄海之上

有了一葉孤獨的小船

漂蕩　漂蕩

蒼蒼茫茫無邊

藍天寬廣依然

心兒飄渺漫漫

放眼世間

喧鬧塵囂一片

信仰之願

有情之眼兌現

緣盡虛空不見

有何干　不留念

舉頭望月圓

柳枝依依婆娑

樹下和衣而臥

心中迴盪著一首歌謠

那是夢裡的你我

河水光影斑駁

讓心多了一份斟酌

得所非得的歌

告訴你隨緣的處所

一粒塵沙

心一迷離
成了塵世的一粒沙
在鏡像裡看了一眼
就生了情執的芽
有了生生世世的芳華
思念不間斷
在繁雜的思緒裡掙扎

明明是一滴眼淚
溫暖時　化成春雨滴答
綿綿細雨滋潤心芽
寒冷時　竟成了
冰晶的一片雪花
飄落在已冰寒的心塔

分別的情感執著
成了一匹奔跑的馬
從此　沒有閒暇
是一粒隨著業風的沙
遊走在海角天涯
混跡在塵世的風沙

心想的家

幸福的籌碼
是你說過的情話
每一個字符
都是一朵美麗的花

你現在好嗎
你已不是陌生的她
無數的念頭
都是對你的牽掛

心中有太多的問答

最後說在電話

過年了

做了一個賀卡

上面是手繪的圖畫

畫著心想的家

觀照心島

將世態人心觀照
眾生神魂顛倒
執著生了一世煩惱
卻喊著天荒地老

將自己寫入妄想的書卷
不知地廣天高
直到因緣已盡
揮手道別的時候
還是留戀著妄念的心島

愛著心境裡的蟠桃
生滅的輪迴難逃
還是追生追早
在分別的夢幻裡顛倒

夢裡的你我

柳枝依依婆娑
樹下和衣而臥
心中迴盪著一首歌謠
那是夢裡的你我

河水光影斑駁
讓心多了一份斟酌
得所非得的歌
告訴你隨緣的處所

心不要太急火
也不要處置淡漠
心生的裊裊雲煙一縷
只有糾纏的你我

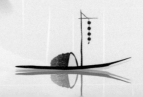

邂逅　守候

忍不住回首

是你美麗的雙眸

從此　難以忘懷

相思不夠

真是浪漫的邂逅

你住進了我的心頭

你的身影

彷彿老在身旁左右

靜謐的夜喲

散步河畔　悠悠地走

月兒如鉤

希望它幫忙

鉤住你長相廝守

就在這河畔的小徑

牽住你的手

一直走到暮年白首

兩顆心相互守候

沒有憂愁

願用千年

我願用千年

和你遇見

看著你的笑臉

等著你的愛戀

等著你

成為我心中的蓮

我的心中有佛的世界

任何時間

都希望你來種蓮

那芬芳的田間

是愛的因緣

前世的因

是今生的緣

為了心中愛的信念

浪跡到天邊

也要請你種蓮

蓮花開時

清淨的馨香

在整個宇宙瀰漫

極樂歡喜無限

情感傾覆

山間亂雲飛度
是風在吹拂
那樹梢的縵舞
是雲雨把情感傾覆

河水奔騰沒了約束
狂野盡情暴露
河畔的白鷺
看著不認識了的伴侶

雲雨竟相逐
朦朧了河畔住戶
茫茫中夜色已幕
不見星月　只有雲浮

彼此河岸

希望了塵緣
將舊債償還
舊債未償完
新債又瀰漫
一生已過半
盼一世平安
站在此河岸
看著彼河岸
人間的情感
已曉暖和寒
亦知如夢幻
解脫是圓滿

只珍藏淡淡的思念

隨風飄散

以為不變的纏綿

情緣太淺

你已經不在身邊

只是思念

還在心裡蔓延

雖然沒有虧欠

沒有恨怨

只是再也沒有手牽

沒有情意的小河流水潺潺

記憶中的畫面

還沒有變淡

希望時間的長河

沖掉心裡的記惦
沖掉難忘的擁抱溫暖
不再讓淚流滿面
只珍藏淡淡的思念

波浪的派對

深秋的海灘

冷風颼颼地吹

希望吹走燥熱的煩惱

吹走內心的疲憊

這個世界讓人很累

一個人面對著海水

看著海水波浪的派對

沒有你在身邊相陪

更沒有紅紅的玫瑰

內心在經歷著潮起潮退

希望自己不要後悔

以前的一切

像這潮水漲落的輪迴

內心的需要

才會有相依相偎

才會希望有影子相隨

秋風蕭瑟寒冷地吹

把內心的熱情往外推

我用厚衣包裹著慚愧

看著海面升起的朝陽

諾諾地無言以對

那希望的蓓蕾

企盼著溫暖的春風吹

伴 侶

慢下了腳步
希望找尋同行的伴侶
內心的孤獨
讓眼拉開了帷幕

希望在這段時間裡
有人陪伴著
走在陌生的道路
看看風景的美麗
把心裡的感嘆傾訴
有一個休息的小屋
讓心有地方眷顧
不要隨著秋風去
飄零孤單地走路

春天的溫暖在心裡

四季都會春意如故

不要隨著秋雨落

讓心跟著寒冷

讓生命乾枯

要讓愛在心裡

滋養生命之樹常綠

讓美好留在記憶

讓美好建一座愛心的屋

淋濕的回憶　是心的影子

涙水淋濕了回憶
只是因為相識
沒有了孤獨的影子
原來是心的樣子

天上下著小雨
那是天的眼淚
它的心在哭泣
原來那是心的影子

孤獨和非孤獨
是心動感覺的畫圖
不知道自己
是蝴蝶　還是在夢裡

越是心裡珍惜
越是執著天邊的一片彩霞
瀟灑地放棄
彩霞化成了甘露

隨著自然飄悠

如果你的溫柔
是整個宇宙
那就是生命的缺口
必然會失去煩憂

如果你在左右
那是塵世的洪流
是夢幻的小舟
隨著滾滾紅塵飄遊

世俗的灰塵飄漏
沾染了我的傷口
從此以後
住進了輪迴的虛樓

我想在太空遨遊

掙脫煩惱的憂愁

隨著自然飄悠

悠悠自在沒有煩憂

都不會停留

我想把你挽留
拉著你的手
挽留美好在心頭
為什麼你要走
你心裡是什麼感受
難道你的心不顫抖
心想美好　天長地久
留住你的溫柔
不讓期盼的心兒涼透

緣份的世界
像是江河水流
流逝的因緣依舊
就像美麗的花兒

被風兒吹下了枝頭
看到的一切景象
都不會有停留
你心中的念頭和傷口
就是生命輪迴的因由

月光裡的情思

月光讓人情思

也讓人迷離

清涼的光影裡

多了一份搖曳的花姿

朦朧不清晰

也模糊了你的影子

嫦娥寂寞一路

遙想她是否哭泣

瓊漿玉液

是否醉在瑤池

是否相思

是否會飄相思淚雨

月光裡

我多了一份迷思

月影裡

道路也迷失

綿綿的相思

是想你的寂寞無期

心 禪

垂柳的河岸

暖風徐徐吹來　由南

夕陽下你的眉彎

微笑的漣漪彎彎

飄散到我的心田

撥動了心弦

浮生短暫

花開花落飛散

靜心觀念

淨念相續是禪

只是隨緣的眼簾

是漣漪的心弦

還是靜靜地坐禪

恍兮惚兮　星辰轉

菩薩的手　點燃

有情的心燈幾盞

經筒轉

心咒經幡

真誠盤坐的人

是否已入禪

時間會抹淡記憶

輕輕地縈繞在心裡

還是決定了日期

輪迴的四季

說時間可以抹淡記憶

來年的春風裡

有新的濛濛細雨

澆灌新的花樹

那是新的緣聚的花季

芬芳的氣息裡

是新的故事

是新的自己

那抹曾經的痕跡
已經成了淡忘的意識

不用帶著面具來去
時間會忘記
曾經縈繞心頭的名字

一卷情思

打開　隨風飄雨

那是相思淚滴

那是　綿綿情意

一卷情思

打開　雨打芭蕉

奏出美妙相思戀曲

心緒　情思飄去

淚灑心田何處

風吹來的話語
那是記憶的花絮
生起的思緒
像一縷風在繼續
只是　能書寫情感幾許

那心情的印記
猶如一場夜裡的雨
不知會起伏
什麼樣的心曲
淚會灑落在心田何處
被澆灌的花兒
會有什麼

因緣的蝶兒飛舞

是笑還是哭

或者只是需要的雨露

即是甜蜜也是苦

聚散的詩篇

曲終人散

孤影感覺窗寒

一聲輕嘆

寫出了無數遺憾

心中的紅顏

已經妝殘

飄落的樹葉

再也不戀情執的樹幹

情緣已斷
任何的情念
為時已經太晚
等待著來世輪轉
再寫一首
緣聚緣散的詩篇

一片煙霞

心生了煙霞

從暖春到炎夏

過了慵懶的春乏

度夏喝著清茶

只是清茶對著白髮

看不到煩惱放下

那任性的妄心

放縱著妄想的意馬

迷惑在塵世浮華

自認為瀟灑

扯起那片煙霞

在紅塵裡附庸風雅

心卻感到孤寡

想有人唱答
心生了另一個她
原來是妄心
分別製造了
一段需要的佳話

情執　交錯

相思很難捨

柔情無限多

只是心花一朵

因緣花開花落

為何眼淚也跟著滑落

自從你離開我

心有些寂寞

那曾經的許諾

已經被歲月淹沒

只是留下了

無奈的　眼淚的苦澀

還有心房

記憶的　淚痕的斑駁

天啊　只是那脈搏

還在為情執著

跳躍著　在夢幻裡

和因緣之相交錯

安棲 淚一滴

心期盼著安棲
有屋風雨避
那淋濕衣服的雨
也將心房淋濕
沒有遮蔽的雨衣

曾經的夢裡
安居的院子裡
有碧水一池
丟一小小的石子
也能有美麗的漣漪

曾寫的一首詩
那是情感的淚一滴
風吹不去它的痕跡

因為有真情義
也有永恆的秘密

我呢喃的低語
是心曲編織
一襲柔情的風雨
那是真心與你
真心才能永恆安棲

虛幻裡感慨

虛幻塵世縹緲
多情期盼不要老
唱一曲歌謠
希望永遠美好
那是幼稚的年少
天真無邪的微笑

風雨讓人長大了
心也開始空空寂寥
桃花隨著春風
趁虛而入　莫名其妙
記得一天晨早
歌聲就飄飄渺渺
有了新的詞條
那是今生的新桃

時間快速地潛逃

迷茫也住進了心島

為何一切的美好

也會逃之夭夭

或者快速地變老

那月光的嬌嬈

從此不在滄桑的懷抱

道 別

相聚　就有告別

耳旁寒風的嗚咽

吹落了枯黃的樹葉

也吹散了心中

期盼的時間凝結

下起了白茫茫的雪

朦朧中的遠山重疊

心中迴盪著幻覺

皚皚雪的白潔

到底是生還是滅

好像滅才會有生的心切

那不生不滅的傳說

讓我忘了道別

賦予寒風做酬

漂泊了好久好久

滄桑歲月的愁

已將我的身心浸透

那情感的老酒

讓愁更加地逗留

像是寒冷的冬

遲遲地不肯遠走

我躲進溫暖的小樓

隔絕了寒流

無聊地張開口

品嚐著清香的美酒

心中飄搖的小舟

開始了妄想的顫抖

希望離開繫泊的碼頭

將愁賦予寒風做酬

天不老 情絕難

天不老　情絕難
月光下　雲墨淡染
紅塵中的情緣

心像萬花筒一般
暫停在相見的愛戀
盛開的桃花艷

機緣見　情相念
前世相續的手牽
那是冥冥之中
難忘的前世的諾言

業力不滅　情難斷
天不老　是六道轉

兩眼濛濛　淚連連

來世又相見

情愛戀　畫一卷

兩心相思繾綣

不絕綿綿

天上地上都是影片

心寂滅　天地不見

萬事清淨不現

如是心涅槃

觀看花開花落

花落　逝了一世芬芳

風吹著花瓣飄蕩

落在了河面

隨著河水的流淌

去了遙遠的地方

從此　兩相忘

花樹等著明年的花香

再也不會

把今世的花兒回想

緣來了　心蕩漾

緣去了　心悲傷

隨著時間的流長

產生了遺忘

自我的心想

隨境有了新的花香

花謝了　有誰憐

如果有心惜香

也去了遠方

也消散了迷人的模樣

時間和環境

展現了因緣的聚散無常

讓心也變了方向

依然執著眼前的

美麗的鮮花芬芳

心動　桃花瓣如雨飄灑

何必牽掛
何必掙扎
任憑大風吹來黃沙
沒有什麼放不下

無所謂真假
無所謂各自天涯
那一滴相思的淚珠
就是春天的桃花

兩顆心
無需各自說話
心兒相容　相印
就沒有了溝通的時差
不管去哪

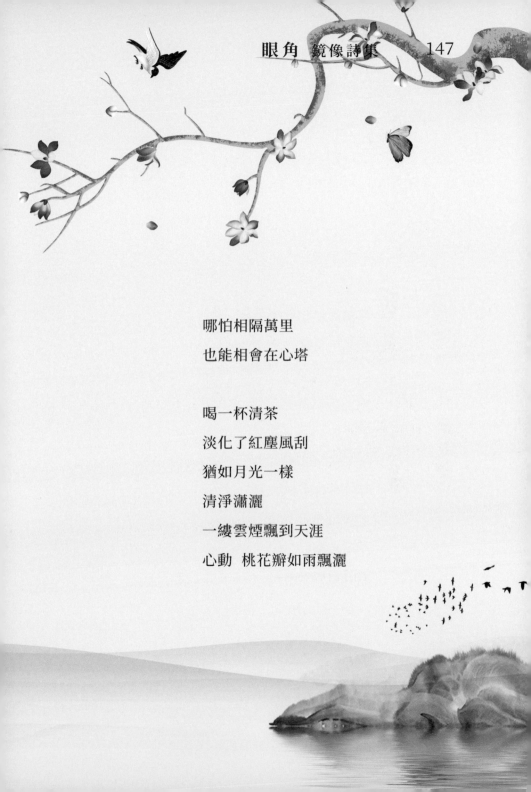

哪怕相隔萬里

也能相會在心塔

喝一杯清茶

淡化了紅塵風刮

猶如月光一樣

清淨瀟灑

一縷雲煙飄到天涯

心動　桃花瓣如雨飄灑

一卷情思 1

一卷情思

縈繞五更

輾轉反側難忘愛情

相思的漣漪波光泛影

內心綺麗美景

眼前只有思念之情

打開情思畫卷

只見婀娜多姿倩影

美麗衣裳

情絲飄飄

眼睛只有春色風景

心中出一片彩雲飛行

一片情思相隨如影

不管在何處

都要飛到你的天空傳情

希望彩色的雲

給你帶來彩色的風景

仰頭看看吧

那是我的心情

真誠化現的美麗表情

七彩繽紛的色彩

是七色的真情

天穹是我們的相思亭

一卷情思　2

一卷情思

慢慢地打開

慢慢地看

慢慢地用心思想

慢慢地感受它的

浪漫的情思和美麗圖像

它記錄著前世的因緣

美好的故事

從此長出燦爛的翅膀

在藍色的天空翱翔

帶著美好的希望

展翅飛到了今世繼續飛翔

今世情思的鮮花
因為美好的心願和夢想
在心田種下了
最美的花的種子
相遇後心花妍麗地開放
心生遨遊天際的翅膀

一卷情思 3

一卷情思
打開　隨風飄雨
那是相思淚滴
那是　綿綿情意

一卷情思
打開　雨打芭蕉
奏出美妙相思戀曲
心緒　情思飄去

一卷情思
打開　清涼的風拂
消了相思雨
雨過　月光清寂

一卷情思

打開　全是美麗的你

將淚拭去

請問　你在哪裡

動心後的靈眼

靜靜地觀看

你紅潤俏麗的臉

還有你那會說話的眼

好熟悉的樣子

似曾相識

好像早就居住在心間

抬起頭看看藍天

真希望老天給予答案

緣份的情緣

不可思議地出現

知道諸事無常

還是讓心有點迷亂

心花開了　愁緒不見

每個細胞都是花艷

緣份　竟然是化學反應

就像滷水把豆腐點

生活中　心隨境轉

習以為常　卻不見

兩心相容坦然

濛濛細雨　風兒不見

如同甘露滋潤你的臉

睫毛的小水珠

朦朧美麗了你的眼

折射的影像光線

竟然都是

我那癡情的雙眼

那是心的寶鑑

動心後的

不可思議的靈眼

人生的路漫漫

緣份隨緣現

備註：寶鑑是寶鏡，鏡子的美稱，亦喻月亮。

注視的一眼

只是注視的一眼
也是上輩子有緣
從此有了相聚聊天

靜靜地觀看
那似曾相識的臉
曾經在夢裡相見

只是深情的一眼
心動有了眷戀
念念不忘相見

用心悄悄地查看
一切的言談
為何歡喜那麼投緣

落雨紛紛

秋意幾分

淨心擦拭水痕

敬天地酒一尊

酒香陣陣

情思深沈

一願千年只是轉瞬

畫 布

在幸福裡追逐
那是心裡的畫布
因緣的甜蜜
畫了你美麗的眉目

心靈的筆觸
感應了一場春雨
撫開了芬芳
七彩的鮮花簇簇

心異常在乎
好像是天賦予

其實　原來就是
命運裡　因緣的歸屬

得到了即是付出
那只是生命的過渡
只是內心生出
　一片美好的畫布

因緣挽起春意

走過了寒冷的冬季

輕輕地挽起春意

那綿綿的細雨

淅淅瀝瀝

我無意地撿起

這個因緣的日子

就有了你

有了一個真正的花季

對著鏡子端詳自己
好像命運之神
在心裡輕輕提起
才有了雨絲
淋濕生命的軌跡

迷失在花香裡
進入到妄心的故里
繼續著四季
放映著生命的故事

彩霞的居所

一次的業果
是一次的夕陽落
本來的白雲朵朵
被光所折
成了彩霞的居所

無心地走過
有了光的焰火
只是心裡有些落寞
因為是你的沈落
我卻將美好蹉跎

感覺不到燒灼
只是習慣了輪迴因果
繼續著業火
不見蓮花一朵
看不見般若

茫 然

瀟瀟灑灑的細雨

寒涼了河畔

流水潺潺

好像沒有留戀

一去不復返

那棵觸水的垂柳

惆悵在河畔

從早到晚

觸水的手深情傳言

體會著冷暖

時間已經很長遠

如此年年

心中只有茫然

跨越銀河星辰

心為情困
肉身困七魄三魂
一舟渡橫
滾滾紅塵浮沈
不知水深
敢跨越銀河星辰

肉胎俗身
只是紅塵有緣人
忘了冷暖氣溫
乾坤混沌
用心燈點亮區分

人間走一程

懷揣慈悲誠懇

不負心約

廣開慈悲善門

落雨紛紛

秋意幾分

淨心擦拭水痕

敬天地酒一尊

酒香陣陣

情思深沈

一願千年只是轉瞬

心覺悟清淨

慈悲大愛情深

心被境相迷沈

只是眨眼一瞬

心動　散開了波紋

從此逐圓　卻不得

諸事無常有裂痕

只有夜晚看圓月一輪

希望得到　月兒

轉送的太陽餘溫

同時也把

心動的摯情寄存

一切的心思之念

都是形識之根

妄想的鋪陳

築起虛幻的池城

留一道進出門

夜晚點一盞照明燈

逃避成蝸居的人

在心投射的環境裡

又被境相迷沈

輪迴的王

輪迴的魔王

用輪迴的業力

遮住了眾生的雙眸

他想將眾生奴役

主宰眾生的意識

他用迷惑的幻圖

引起你的心欲

這樣就將你征服

在六道輪迴的世界

妄心隨波起伏

眾生執迷不悟

水

平靜時

像最光潔的鏡子

微笑時

起最美麗的漣漪

溫柔時

緊密纏繞著每一寸的接觸

狂怒時

讓你起伏　讓你恐懼

愛

孤獨的心

需要美麗的歌謠

需要母親的懷抱

需要家鄉的懷抱

孤獨的心

能嗅出依靠的味道

能嗅出愛的依靠

能走上連心的橋

孤獨的心

走出圍牆的煎熬

找張嘴聊一聊

放下心船的錨

溫暖的愛喲

如同陽光照耀

讓孤獨的心

在孤獨的小島

哼出感人的小調

卻飄得比白雲高

從此有了彩虹般的橋

秋清靜

秋風帶來寒涼的秋景
秋雨帶來清涼的清淨
月光也更加潔清
夜空好像少了星星

秋水變得清澈清澄
猶如鏡　岸邊景色倒映
燈火的山景
顯在碧水的明鏡

企 盼

企盼的心

在朦朧細雨裡等

細雨久久不停

不見天變得清澄

猶如纏緊的蔓藤

慢慢地心有點冷

漸漸地有些不清醒

好像丟失了平衡

開始了心疼

輕觸你的指尖

輕觸你的指尖

電流麻到了心間

心兒顫抖了一下

彷彿凝固了時間

從此距離不再遙遠

我　走進了你的雙眼

發現　打開這扇窗

裡面早就有我的相片

那是久遠的以前

就在心裡繫上了紅線

紅線讓我產生愛念

原來我並不孤單

你一直在我身邊

到了機緣

紅線就會讓我們遇見

不管距離有多麼遠

因緣會盤旋

見到你美麗的容顏

桃花飛向你的臉

那是心的花瓣

飄向了彼岸

從此難以忘懷

一年又一年

輕觸你的指尖

愛的電流直達心間

牽著你的手

把它攢進心的裡面

尋找無苦的自由

乘著一葉美麗的小舟
到海上順著風漂流
尋找心中的綠洲
藍天上有白雲和海鷗
我不會為你逗留
要自由地遨遊

我要張開雙手
擁抱廣闊的宇宙
擁抱藍色的寧靜
走到真正安住的港口
那裡有一切美好駐守
無苦的世界　自在自由

包容 施愛

贈人玫瑰

手有餘香

你的心在愛裡飛揚

你就像朝陽

晨曦是你愛的光芒

照亮　溫暖有情的心房

慈悲的海洋

能容萬千的情感飄香

生美好的夢想

在自由的藍色翱翔

神秘的藍光

那就是清淨吉祥

多一份

春風染絲雨　多一份豔麗　多了一份暖意

秋風染花露　多一份踟躕　多了一份秋曲

白雪的冬季　多一份寒寂　多了一份白衣

炎熱的夏季　多一份伏暑　多了一份碧綠

圓月之掛處　多一份情思　多了一份囈語

驕陽之在處　多一份風起　多了一份清晰

戀愛在戲裡　多一份甜蜜　多了一份情癡

拜佛在廟裡　多一份香氣　多了一份覺悟

守候與住留

時間沒有盡頭
那是移動的星球
因心動的分別念頭
有了寂靜和喧囂的長久
有了煩惱無休
以及苦苦地等候
那是分離的哀愁
像星際之間的遠離
漸行漸遠的守候

觀看夜空的星斗
你們在我心裡留守
為何又快速地移動
加速了命運煩惱的河流

藍色夢一樣的天空
那裡是時光隧道的渡口
穿越時空以解心憂
去藍色琉璃世界住留

一念心想時光

夜空滿天的星光

像是書寫的書畫絹香

滿心的情意綿長

飄逸到遠方

攏起的一心芬芳

隨著心意流浪

輕輕地歌唱

載著我的嚮往

馨香波動流淌

沒有徬徨

靜靜的喜悅在身旁

搖晃的波光

映照出時光的天堂

一條小河曲彎細長

一條小河曲曲彎彎細長

彎進了多少情腸

情腸曲曲彎彎

平添了幾多惆悵

古人說　曲者生情

情思彎曲　情絲飄揚

編出了多少奇異花樣

迷惑了你的心房

在輪轉的六道裡尋芳

貪吃在慾望的廚房

一條小河曲彎細長

通向迷霧慾海的遠方

因緣聚合自然離散

情愛嬋娟
風吹不散
因緣聚合自然離散

猶如一縷青煙
生滅皆是自然
不管它是在河畔
還是在山間
也不管是輕柔的呢喃
還是濃墨似的情染

聚散　就像風雨繾綣
過後　就露出天空的臉
陽光清掃
風雨過後的庭院
月光灑下

銀色如幻的浪漫

晝夜浸潤在情岸

院外隔河遠山

沐浴之後盡現嫣然

觀者輕聲嘆

聚散皆是因緣

由心緣聚　自然顯現

月圓如盤

眾星黯然

河畔燈火已闌珊

暗香浮動悠然

我的心啊

為何如此的淡然

花

花園中
美麗容顏各不相同
心兒各異
生出千嬌百媚的笑容
不知道哪個最好
哪個是心裡的影蹤

請風不要伴舞
搖曳中
會亂了心意
沒有了拿捏和從容
隨風相從

請雨不要情動
你的情湧

會進入心中

情流　會花了顏容

消了腮紅

圓 滿

願望的芬芳

心生一縷清香
用真誠飄向四面八方
進入您的生命
進入您的心房
讓我們彼此　結下善緣
在心裡祝福對方

這份真誠的願想
希望為您打開一扇窗
看看不一樣的世界
看看我心中的天堂
讓心中的美好化成翅膀
自在地出去飛翔

希望您快樂好運
多一份消遣的頤養
多一份喜悅的氣象

一切皆是心投射的鏡像
一切隨緣 淨染之相
十法界只是心相
我的心相
是有緣的你
——如意吉祥

鏡像系列詩集

鏡像系列詩集

鏡像系列詩集

鏡像系列詩集

鏡像系列詩集

眼 角 鏡像詩集

作者	鏡像
發行人	鏡像
總編輯	妙音
美術編輯	彩色 江海
校對	孫慧覺
網址	www.jingxiangshijie.com
郵箱	contact@jingxiangshijie.com
代理經銷	白象文化事業有限公司
	401台中市東區和平街228巷44號
	電話：(04)2220-8589
印刷	群鋒企業有限公司
出版日期	2019年10月　　　初版
ISBN	978-1-951338-26-8　平裝

定價　　　NT$520